午夜前的一分钟

[意] 乔伊·卡罗特 著 / 张彤 译

中国人口出版社
China Population Publishing House
全国百佳出版单位

北京市版权局著作权登记号　图字：01-2016-6972

Test by Joe Carrot. Original cover by Flavio Ferron Illustrations by Flavio Ferron, Claudia Forcelloni, Daniela Geremia and Danilo Loizedda. Colors by Tania Boccalini, Claudia Checcaglini, Daniela Geremia, Andres Josè Mossa, Edwin Nori, Nicola Pasquetto and Vanessa Santato. Graphics by Superpao, with collaborations of Michela Battaglin

Original title: Un minuto a mezzanotte
Based on an original idea by Elisabetta Dami

Translation by: Zhang Tong

图书在版编目（CIP）数据

午夜前的一分钟 /（意）乔伊·卡罗特著；张彤译 . -- 北京：中国人口出版社，2017.1
（胡萝卜仔乔伊）
ISBN 978-7-5101-4674-9

Ⅰ . ①午… Ⅱ . ①乔… ②张… Ⅲ . ①童话—意大利—现代 Ⅳ . ① I546.88

中国版本图书馆 CIP 数据核字（2016）第 231426 号

午夜前的一分钟

（意）乔伊·卡罗特著，张彤译

出版发行　中国人口出版社
印　　刷　北京瑞禾彩色印刷有限公司
开　　本　810mm × 1280mm　1/32
印　　张　3.875
字　　数　50 千字
版　　次　2017 年 1 月第 1 版
印　　次　2017 年 1 月第 1 次印刷
书　　号　ISBN 978-7-5101-4674-9
定　　价　15.50 元

社　　长　张晓林
网　　址　www.rkcbs.net
电子信箱　rkcbs@126.com
总编室电话　（010）83519392
发行部电话　（010）83534662
传　　真　（010）83515922
地　　址　北京市西城区广安门南街 80 号中加大厦
邮政编码　100054

目录

我叫胡萝卜仔，胡萝卜仔乔伊……

……你们也可以称呼我为乔伊。

我是一名兔侦探。我的侦探社——“胡萝卜&胡萝卜”——是整个兔仔城里最有名的一家（当然，也是仅有的一家）。

我热爱我的工作，我喜欢寻找蛛丝马迹，侦破复杂的案件，但是我最爱的还是我的家庭——我和我的妻子简生了5只聪明伶俐的小兔子！

你们想了解更多关于胡萝卜仔这个大家庭的故事吗？那么还在等什么？翻开书，开始阅读吧！

胡萝卜仔家族
艾蒿
安
苏珊

笨笨
凯文
乔伊
安迪
乔治
简
曼迪

野兔家族
皮特
蒂姆
克里斯
恰恰
曼妮
弗洛
苏西
萨拉

罗杰
史蒂芬
阿尔文
哈尼
麦格
弗朗斯
蒂尔塔

1 6 入口
2 储藏室
3 5 12 15 卫生间
4 阁楼
7 客厅
8 洗衣房
9 花房
10 车库
11 凯文的卧室
13 苏珊和安的卧室
14 安迪和曼迪的卧室
16 乔伊和简的卧室

一切都开始于一个周三……

当时已经接近晚餐时间了。在大胡萝卜国的首府兔仔城里，每间厨房中都在上演这样一幕情景：蔬菜在平底锅里翻煮，煎炸，着色，烘烤，跳跃着。

大家都在准备着下班回家，我也是其中一个。我的名字叫胡萝卜仔乔伊，你们也可以称呼我乔伊！

胡萝卜仔乔伊

像每个晚上一样，

我穿上我的橘黄色防水衣走出办公室。我已经等不及要快点回家，抱抱我的家人们，吃完饭后……快速地钻进被窝里！

一般情况下我是不会睡这么早的！平时吃完晚饭我会跟孩子们和我的妻子简一起聊聊天。

不过从某个晚上开始，我们的小女儿，安，总扰得我们睡不了觉。

苏珊
安迪
曼迪
简
安
凯文
我的家人们！

她会从自己房间跑出来，然后偷偷藏到我们的床上。她说是因为害怕黑，或者应该说“怕怕”（安只有三岁，所以她讲话总是这样）。

她总是先把我们吵醒，然后让我给她讲童话故事。就这样，整个晚上谁也别想闭上眼睛睡觉了……

白天的时候，我忙忙碌碌，东奔西走，到了晚上就筋疲力尽，无精打采了。

我一边想着，一边锁上了办公室的门。然而就在这个时候，里面响起了电话铃声。

该死的！

我居然忘记打开电话答录机了！

于是我又打开门，重新走进办公室，一边忍不住打了个大大的哈欠。然后我抓起听筒……

“乔伊！你还待在办公室干什么呢？！”

是艾蒿，我的妈妈。

艾蒿跟我一起工作，她是我的助手。

没办法呀！

前几天她因为发烧留在家里休息。不过她总是不停告诫我该干什么不该干什么的习惯还是没变。

“你收拾好办公桌了吗？”

“你关好电脑了吗？”

“你给植物浇水了吗？要是它枯死了，你可要小心了！”

“我拜托你，可别忘了关灯啊！”

她就这样不停不休地说了5分钟。

哎哟，到底是为什么，要让妈妈跟我一起工作呢？

马克·拉法努斯夫妇：鲁夫斯和露比娜

我正准备再一次离开办公室。

就在这个时候门突然敞开了！在门口出现了一对兔子夫妇。

丈夫长得又高又瘦，戴着一顶大大的草帽，他手里还拎着一篮子非常新鲜的胡萝卜。

而妻子微微矮小和圆润，正哭得像个喷泉。

丈夫问道：“您是胡萝卜仔先生，对吗？胡萝卜仔乔伊？”

他脱下帽子，有些忐忑地靠近我的办公桌。

然后他清了清嗓子，自我介绍道：“我叫

鲁夫斯·马克·拉法努斯，这是我的妻子露比娜。很抱歉这么晚打扰您……但是我们有个巨大的麻烦急需解决，而且只有您才能帮助我们！”

“求您了，别拒绝我们！您是我们最后的希望啦！”露比娜太太一边啜泣一边喊道，然后拧了拧被泪水浸湿的手帕。

一般情况下，我会请他们第二天早上再来，

名字：鲁夫斯
姓氏：马克·拉法努斯
爱好：种植胡萝卜
特点：他园子里的胡萝卜是整个大胡萝卜国最美味的

但是这只兔子看起来比我还要疲劳，更别提他的妻子还在哭了……我还从没见过有人哭得这么伤心难过呢！

如果你们是我的话，你们会怎么做呢？

就这样，我请马克·拉法努斯夫妇安坐下来，然后赶紧给家里打电话说会晚一点回去吃晚饭。

简很快就了解了情况，并没有询问我太多问题。

名字：露比娜
姓氏：马克·拉法努斯
爱好：厨艺
特点：可以因为任何理由而哭泣，因为高兴，因为痛苦，因为感动，或者因为激动。总之，她的眼泪来得特别快（而且特别多）

我答应她不会错过给孩子们晚安吻的时间。

现在坐在我面前的兔子夫妇看上去好像有一个长长的故事要讲啊！

而我，因为职业需要，最喜欢听故事了。

您相信有鬼怪的存在吗

我还没告诉你们我是做什么工作的。其实我是一名私家侦探！

我的侦探社——“胡萝卜&胡萝卜”——是整个兔仔城里最有名的一家（当然，也是仅有的一家）。

这家事务所是我从我的父亲乔治那里继承来的。他也是一名侦探，现在已经退休了，但在他那个年代……你们应该见见他本人！

我的爸爸乔治

他曾是个杰出的侦探！

我刚刚讲到……

鲁夫斯和他的妻子露比娜来自于兔仔城南部的战栗河谷。

鲁夫斯开始了讲述……

“我们的战栗河谷，别看名字奇怪，其实是一个很安宁的地方。我们拥有一大片肥沃的土地，上面种植着土豆、西蓝花和胡萝卜……不谦虚地讲，我种的胡萝卜是整个群岛上最棒的！”

露比娜递给我一个：“来，尝尝吧！”

我接过这根新鲜的胡萝卜，然后……太美味啦！

鲁夫斯满意地笑了。

我问道：“您到底有什么麻烦事呢？马克·拉法努斯先生？”

他神神秘秘地环顾四周，降低了声音说：“胡萝卜仔先生……”

然后他又贴近我的办公桌一步，继续说：“您相信这世上有女巫和幽灵存在吗？”

我不相信有魔法存在

让我们先明确一件事：我不相信有魔法存在！这世界上根本不存在魔法！

我将我的内心所想如实地告诉了鲁夫斯：“马克·拉法努斯先生，在我的职业生涯中，我从来没有碰到过巫婆、妖怪、鬼魂或者是幽灵。我甚至没有见过任何一个妖精的影子！对我来说，这些故事都只是传说，或者是恶作剧！”

鲁夫斯如释重负地舒了一口气。

然后他看向妻子：“听见了吧，露比娜，世界上根本不存在女巫！”

露比娜又开始抽泣起来。

“呜呜呜，女巫格里法尼亚是存在的！我见过她！”

我很好奇，于是问："这个格里法尼亚是谁？"

鲁夫斯回答道："她是一个穿梭在战栗河谷树林里的巫婆。这都是古时候的传说，至少我们认为是这样……"

露比娜快崩溃了（看她流了那么多眼泪，真应该称呼她水龙头啊）。

"格里法尼亚想让我们离开那里！"她一边哭一边说。

鲁夫斯无奈地叹了口气："我妻子一直这么觉得！求您了，胡萝卜仔先生，您是我们最后的希望啦！虽然我们不富裕，但是如果您能帮助我们……"

我打断他不想让他再继续说下去。

金钱并不是最重要的。现在有两只遇到困难的兔子，一个神秘的故事和一项激动人心的挑战，对我来说有足够理由接下这个案件了！

吃人妖？

呃！

瞧你说的！

午夜前的一分钟

我拿过记事本请鲁夫斯向我讲述全部。

“拜托您，”我说，“千万别忘了注意细节！对于一个侦探来说这可是最重要的部分！”

然后鲁夫斯开始讲述故事。

“一切都开始于一个星期以前！一天晚上，差一分钟12点的时候，我们听见一声很奇怪的噪声！就像卡车的轰隆声！”

作为兔侦探的第六感立刻使我支起了耳朵。

然后写下：“卡车？！”

鲁夫斯继续着他的讲述：“之后很快我们又听到大笑声。请您相信我，胡萝卜仔先生，那声音真是让人浑身起鸡皮疙瘩！从那以后，每天晚上差一分钟12点的时候，总是有什么东西或者什么人想要通过毁坏我们的庄稼来吓唬我们！其他人都传言……说是女巫格里法尼亚回来了，还跟我们过不去！一开始我也不相信，直到一天晚上我亲眼看到她了！”

露比娜也插话道：“她的眼睛是黄色的，而且……她还会飞！就和我奶奶说的一模一样！”

我感到有点惊奇（或者说非常），问道：“有没有可能是只猫头鹰呢？”

鲁夫斯摇摇头：“那东西不可能是猫头鹰！”

我又问他：“这个格里法尼亚女巫也袭击了你们的邻居，还是只跟你们过不去呢？”

哈哈哈！

鲁夫斯思考了片刻，回答说："在我们那一片，所有人都挺担忧的……不过至今只有我们家的农场被女巫袭击了！"

我还是有些疑问。

"或许你们有什么仇人吗？有谁对你们家的财产感兴趣吗？"

鲁夫斯想不出任何这样的人。

"我们的社区很小而且很团结！我们之间相互都认识而且总是会互相帮助！"

我又在笔记本上写道："小社区！"。这可能会是一个有趣的细节！

到现在为止，就是这样。

然后我们约定第二天在战栗河谷见面。

我挥别了鲁夫斯和露比娜，提着他们送我的装满胡萝卜的小篮子，坐上卡莫米拉（我那

可爱、古老、形影不离的敞篷跑车）奔走在回家的路上。

已经有点晚了。

或者说，太晚了！

胡萝卜仔家的一夜

回到家，他们已经吃过晚饭了。我的妻子简，亲吻着欢迎我的归来。

“欢迎回来，亲爱的！我给你留了一些热的胡萝卜馅饼！”

我向她展示了鲁夫斯·马克·拉法努斯赠送的胡萝卜。

我说：“简，你真的应该尝尝！你们大家都该尝尝！”

还没来得及等我说完，我就被8只耳朵、16只爪子和4张小嘴给包围了。唯独缺了凯文，反正他已经是大孩子了……

“爸比，我先来！”苏珊嚷嚷道。

“不行！我先！”安更大声地嚷嚷道。

在最下面，安迪和曼迪围着我用4只爪子爬。

安迪和曼迪是一对“双胞胎”（我们直接就这样称呼他们），他们还不会说话。

凯文，我们最大的儿子，仍旧坐在沙发

上，膝盖上摆着他的笔记本电脑。

“你好呀，爸！”他挥着一只爪子跟我打招呼。

“你好呀，凯文，你在干什么呢？”我一边说着，一边扔给他一根新鲜的胡萝卜。

他在空中接住胡萝卜。

“我在上网。学校要求我们做一份调查：‘块茎&根’。你呢，爸爸，今天为什么回来晚了？”

“我接到一个非常有趣的新案件，我需要去追踪女巫格里法尼亚！”

安突然转过身来，瞪大眼睛。

“什么是女巫格里法尼亚？”

我可真是只粗心大意的兔子

我把安抱起来，说："别着急，我的小宝贝。这世界上根本不存在什么女巫！"

安没再说什么，只是用胳膊紧紧地搂住我的脖子。

我们都坐到沙发上，然后我向他们讲述了鲁夫斯和他妻子遇到的不幸。还说我已经接下案件决定帮助他们了。

"明天我就要出发去战栗河谷了！"

简从厨房里探出脑袋："胡萝卜仔乔伊，你可真是只粗心大意的兔子！这周六是胡萝卜节！"

为了庆祝大兔仔的牙齿！

我全忘记了！

你们要知道，胡萝卜节是我们的国庆节！整个城都要庆祝！

简继续说道：“如果你走掉了，谁照看孩子们呢？你的父母感冒了，而我明天也要出发了。你忘了吗？我得去贝拉维斯塔镇，参加书籍沙龙！”

书籍沙龙！

我已经忘得一干二净了！

要知道，简经营着兔仔城里最美丽的一家书店——街角书屋。

胡萝卜节

胡萝卜节是兔子人民的国庆节，就在春天的最后一天。在这个时候大家会一起欢庆春天的末尾，兔子们会举行各种庆祝活动，路上会有演奏团队表演，还会有许多小货摊向小兔子们提供蜜糖胡萝卜！

因此，对她来说在贝拉维斯塔镇举办的书籍沙龙是不可错过的聚会！

我不知该怎么办好，垂头丧气起来。

幸运的是，凯文来解救我了。

“我们可以这样，妈妈你就安心地去贝拉维斯塔好了，我们可以跟着爸爸去转一圈！”

苏珊和安都很兴奋，但是简还是没有被说服：“我不知道这是不是个好主意……你还得工作……又怎么照看大家呢？”

就在这个时候，门口响起了敲门声。是我们最好的朋友皮特和哈尼！

朋友是最绝妙的礼物

我跟你们介绍过皮特和哈尼吗？

野兔皮特和他的妻子哈尼是我们最好的朋友，他们共同抚育了12个孩子，而且两人都是医生——皮特是一名牙医，而哈尼则是个优秀的儿科医师，所有的小兔子都喜欢围着她转！

哈尼哄了哄双胞胎：“你们好啊，小家伙们！”跟凯文打招呼后亲吻了苏珊一下，然后又抱起安。

安告诉了她家里的新闻。

“爸比要去找一个丑丑的女巫！”

皮特很好奇地问：“这是怎么一回事？”

于是我再次讲述了整个故事，还包括我们家里的小麻烦：孩子由谁来照看？到底应不应该带着他们跟我一起去战栗河谷呢？

简表达了她的疑问：“乔伊需要进行调查，很可能会有危险！”

“放心吧，”我对简说，“孩子们会很安全的。做这项调查绝对是小菜一碟！”

可简还是很担忧。

“乔伊，双胞胎还太小，需要准备婴儿食品，还要换尿布……”

哈尼打断道：“双胞胎可以让我照顾。皮特可以陪着乔伊一起去！”

太聪明了，哈尼！真

野兔仔皮特和哈尼

是典型的野兔家族的主意啊！

皮特是只很强壮的兔子，有着伟岸的身躯，善良的心灵，和大得像锅底一样的爪子。如果皮特发出“呜”的声响，所有的坏人都会吓得像火箭一样逃跑。有他陪在我的身边，我们肯定能保证平安。

但是简还是不想麻烦他们。

“可是，哈尼，我们不能把双胞胎留给你！你还有12个孩子要照顾呢！”

哈尼没让她继续说下去。

“就是因为我已经有12个孩子所以才不是问题！反正已经够多的了，再加两个也没什么区别了！”

皮特插话道：“你们可别忘了我们的秘密武器——她的名字就是蒂尔塔·三叶草！我们永远不知疲倦的保姆！只要有她，不管是12只、18只，还是32只小兔子，都没什么区别！”

名字：蒂尔塔
姓氏：三叶草
爱好：什么都做
特点：很强壮（和皮特差不多）。如果不是她，皮特和哈尼应该会陷入一些困境（或者说，很大的困境）

最终简还是被说服了，她抱了抱皮特和哈尼。“我都不知该如何感谢你们了，我的朋友！”

不管再怎么重复，我都不会厌烦：“那些总是帮助别人的真正的朋友，是世界上最绝妙的礼物！”

晚安，小宝贝

我们告别了皮特和哈尼，就开始为晚上做准备了。

安很兴奋，不断地想着明天的出行，然而不幸的是，她还抑制不住地想着女巫格里法尼亚。

她问我：“你有没有看过床底下，爸比？”

“放心吧，床底下什么也没有！”

为了转移她的注意力，我给她编了一个有趣的小故事：“从前，有一只小兔子。每天晚上睡觉前，她都会看看床底下、抽屉里、衣柜里……甚至是拖鞋里。她的爸爸问她：‘你在找什么呀，小宝贝？’

她回答道：‘我害怕关灯以后会有丑丑的女巫跑出来吓唬我！’她的爸爸说：‘不用怕，现在我给你一个神奇的吻，它能够保护你一直到天亮！’”

我一边讲着故事，一边在她的鼻子上轻轻印下一个吻。

安甜甜地笑了，抱着她的玩具小兔可妮，终于进入了梦乡。

站在门口的简叹了一口气：“现在就差女巫格里法尼亚了！不知道需要多长时间她才能从我们家离开！”

我笑着说：“等着瞧吧，我一定会证明给安看，这世界上根本不存在女巫！”

第二天早上

第二天早上我们起得很早。

孩子们已经等不及要出发了。

皮特和我检查了汽车（我指的不是“卡莫米拉”，而是家庭轿车），凯文帮助苏珊和安准备行李。

为了协助我的调查，简打电话给书店的助手赛尔玛，请她寻找一本讲述神秘女巫格里法尼亚的书。

“一会儿乔伊会过去取书。”

“我现在去找，找到后告诉你！”赛尔玛回答得依旧那么简单干练。

赛尔玛超级厉害！她的外号叫“什么都知道的赛尔玛”。事实上她脑子里记得“街角书屋”保存的所有的书籍名称。

到了出发的时刻，我们每个人都有些不舍。或者说，非常不舍！

我们是那么和睦的一家人。

一想到我们即将分离，即使只是几天时间，也让我们忍不住落泪。

我们相互拥抱，然后相互拥抱，然后还是相互拥抱……

我都已经开动引擎，却不得不又退了回来，因为安把她的宝贝彩色玻璃球落在家里了！

总之，一件事情又一件事情之后，我们出发时已经整整晚了三个小时。

幸运的是，当我们来到书店的时候，发现赛尔玛已经等在门口了，手里拿着一本名叫“兔子一族神秘故事和传说”的厚厚的大书。

我谢过赛尔玛，开始踏上出城之路。

在旅行的路上，凯文大声地朗读着书中关于女巫格里法尼亚的记载。

安认真地听着，但是什么话也没说。

我的小宝贝啊！

也不知道她到底在想什么……

女巫格里法尼亚

传说，她总是游荡在大胡萝卜岛的战栗河谷乡下的树林间，寻找成年兔子和淘气的小兔子。

有时她也会突然蹿进人家里捉弄居民。虽然这些都只是传说，却有人言之凿凿地说见过她在极其黑暗的夜晚飞行！

我渴了！
还有多久啊？
我想尿尿

前面的一公里走得相当顺畅，但不出一会儿车里就回荡起全世界父母都熟悉的奏鸣曲。

由苏珊开始：“爸比，我渴了！”

然后轮到凯文：“还有多久啊？”

最后是安：“我想尿尿！”

“爸比，我渴了！”

“还有多久啊？”

“我想尿尿！”

“爸比，我渴了！”

“还有多久啊？”

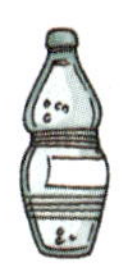

“我想尿尿！”

听得我耳朵都快要爆炸了。

然而皮特却很镇静。

“你是怎么做到的？”我问他。

“乔伊，我家有12个孩子！每天有12只小兔子在身边，耳朵早就听得结茧子了！”

他又说：“你也应该多生几只小兔子！5只是不是太少了？”

然后他开始用自己浑厚的嗓音加入孩子们的协奏曲中。

“我好渴——”

“还要多久——”

“我想尿尿——”

孩子们都被他逗得捧腹大笑。

2102K

欢迎来到战栗河谷

最后我们终于找到了一个路标：欢迎来到战栗河谷。

这里的风景非常美丽，跟我想象中的完全不一样！容我解释得清楚些：一提到“战栗河谷”，人们总会联想到这是一个恐怖的地方……

然而这里却有富饶的庄稼和繁茂的果树，每家每户的窗边都挂着漂亮的刺绣窗帘。

皮特解释道：“‘战栗河谷’之所以叫这个名字只是因为气候的缘故！一到冬天这里就会很冷，‘战栗’是因为冻得发抖！”

拐了好几个弯之后，我们来到战栗河谷的首府法乔里那。

一进到这里，不管是从商店里，从窗户里，还是从人行道上，所有的人都在注视着我们。

鲁夫斯在中心广场等待着我们，见到我们后露出一个大大的微笑。

“胡萝卜仔先生！见到您真高兴啊！我已经在‘老酒馆’预订下了席位！”

这是多么棒的主意啊！我们几个的肚子早就饿扁了！

我向他介绍了皮特，并吩咐皮特照看孩子们。

他鼓励孩子们道：“快啊，小朋友们！看谁第一个到，就能吃两份甜点！”

苏珊和安立刻像导弹一样冲出去，不过苏珊故意放慢了步调，所以她和安是同时到达的。

安大叫道："两个都是第一！"

凯文依旧迈着悠闲的步伐跟在妹妹们后面。

我们走进饭店，所有的人都在看我们。有句话说得真对：在战栗河谷，谁是外来人员，一看便知！

神秘的脚印

等我和鲁夫斯刚一坐下，我就询问他最近有没有注意到有其他外来人员到镇上。他回答说没有。

与此同时，老酒馆的厨师给我们端上来一盆热气腾腾的胡萝卜汤。

皮特和孩子们立刻要求“再来一份”！

鲁夫斯向我讲述最近的新闻。

“胡萝卜仔先生，现在事情变得越来越糟了！昨晚上，差1分钟12点的时候，有什么人或者什么东西打开了灌溉设备的阀门！整个农田都淹了！

到处都是水和泥巴！简直是一场灾难！”

他说着，我赶紧记下笔记：“泥巴……”

这是一个很重要的细节：有泥巴的地方，就会有脚印。

鲁夫斯继续说：“在这个季节，农田应该保持干燥：马上就是收获土豆的时候，太多水只会损害农作物！我跟我的孩子们跑出去，正好看到她！就是她！”

鲁夫斯压低声音。

“就是女巫格里法尼亚！”

就在这个时候，一只长相怪异的兔子走进酒馆，手里握着一把吉他，头上戴着一顶羽毛帽子。

这里所有的人都认得他，大家称呼他“流浪歌者泽普”！

真是个灾难啊

流浪歌者泽普突然唱起歌来：

“她有黄色的眼睛，红色的牙齿，
游荡在山野，穿梭在墓地，找寻不听话
的小兔子。你问我她是谁？
她是那女巫格里法尼亚！”

安停下来不吃了。

哦，不！

为什么泽普偏偏唱这首歌呢？

向鲁夫斯道歉之后我就带着安走出酒馆，想分散她的注意力。

我说：“咱们来玩玻璃球吧！”

好不容易安笑了，她跑向汽车去拿落在里面的玻璃球。

在返回的时候，她突然停下来看着一家商店的橱窗。

那是战栗河谷的纪念品商店。里面摆着陶瓷胡萝卜、塑料花椰菜和几个小雕塑，模样是……女巫格里法尼亚！

还有几个是可充电的，眼睛亮着黄色的光！

哦，不！

为什么她就正好看到这个橱窗呢？

安被吓得爪一抖，玻璃球盒子掉落，一个个的小球沿着人行道滚得到处都是。

就在这时，走过一只又高又壮的兔子，头上顶着一顶牛仔帽。他正在一边走路一边看报纸，由于看得太入迷了，他的一只大脚掌不小心踩在安的玻璃球上……

咣当！

这一跤摔得！

太惨啦！

这声音响得！

太吓人啦！

我赶紧扶他起来，结果他不但没有感谢我，还对安发起脾气来：“小姐，我一点也不喜欢你开的玩笑！像你这样喜欢捉弄人的小兔子可要千万小心被女巫格里法尼亚拧耳朵！”

哦，不！

为什么他非得提这个女巫的名字？

安吓坏了，哇地哭了。

“不，不是我！爸比，你告诉他！我不要女巫格里法尼亚拧我耳朵！”

大兔仔保佑！

我得尽快解决这个麻烦！

没有任何女巫，不管是真的还是假的，都不能这样吓唬我的小宝贝！

但是现在我要跟这只讨厌的牛仔帽兔子好好谈谈！

战栗河谷最富有的兔子

我轻轻抚摸着安，并把她抱紧。然后我又转向这个戴牛仔帽的大家伙。

“哎，朋友，你不觉得你有点夸大其词了吗？这只不过是个意外！”

他表情尴尬地看了看安：“我……我跟你们道歉！我也没想让她哭！”

同时他开始帮我捡地上的玻璃球。

就在这个时候，我注意到这位先生有一双巨大无比的脚！

他自我介绍道：“我叫海科特·奥黑尔！您应该就是兔仔城的侦探了吧！鲁夫斯跟我们提过您，现在我们都指望您啦……尤其是我！”

我这才知道奥黑尔是这里最富有的兔子。

他那满载各种水果和蔬菜的货车，会运到整个大胡萝卜城所有的市场。如果有人蓄意破坏收成，那对他来说将是最大的打击！

名字：海科特
姓氏：奥黑尔
爱好：变得越来越富有
特点：他家的货车会运输蔬菜到整个大胡萝卜城所有的市场。他的脚比较大（或者说，非常大）

这时，鲁夫斯、皮特、凯文和苏珊从酒馆里走出来。鲁夫斯和奥黑尔非常热情地握了握爪子。

凯文和苏珊安慰起安来。

这时候安也不知是该继续哭还是该开始笑，最后她还是决定微笑。

我很感动，我认为，就是从这些事情中能够看出我们家人的和睦。当一个人有困难时，所有人都会聚到他的身边，让他感受到浓浓的爱。

凯文和苏珊为了帮助安献出了他们的一份力，现在轮到我了！

“咱们走吧！”我对鲁夫斯说，“是时候严肃起来，查出到底谁才是这个女巫格里法尼亚了！”

马克·拉法努斯农场

鲁夫斯的土地距离市区有点远。

他的妻子露比娜满含热泪地迎接了我们。

“胡萝卜仔先生！”她抽泣着，“只有您能救我们了！”

然后她看到我的孩子们，又温柔地哭了。

“多可爱啊！您知道吗？我们也有几个孩子！”

绝对不只是几个！马克·拉法努斯家有整整21个孩子！

他们按照字母顺序从A到Z给孩子们起名字，都是各种蔬菜、水果或其他植物。

“后来我们不得不停下来，因为我们用光了

马克·拉法努斯一家

1）芦笋
2）蒜头
3）洋葱
4）蒲公英
5）石楠
6）橙子花
7）杜松
8）迎春花
9）鸢尾花

10）扁豆
11）玲花
12）枇杷
13）橄榄
14）松子
15）四叶草
16）大黄
17）莴苣
18）三叶草
19）松针
20）缬草
21）葡萄

所有的字母！”露比娜叹了口气。她又开始因为遗憾哭泣起来。

皮特安慰她道：“你们还可以给他们起名叫裙带菜、豆薯和猕猴桃！”

露比娜从来没有想到过这个：这些也都是蔬菜水果的名字呀！

她太开心了，以至于又兴奋地哭起来……

我请皮特留下照看安和苏珊，而我同鲁夫斯、凯文一起去田地里进行现场勘察。

多么古怪的名字啊！

裙带菜是一种原产于日本海域内的可食用海藻，而豆薯是一种墨西哥草本植物的根茎，味道非常甜美。最后，猕猴桃是一种常见的水果，原产于中国，但是盛产于新西兰。

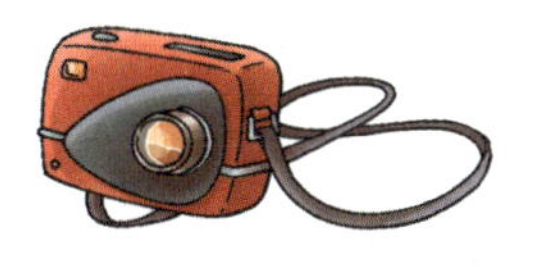

太棒了，凯文

一边走着，鲁夫斯一边继续跟我讲述。

“正如我跟您说的，那天晚上我们发现田地被淹了，我和孩子们赶紧挖了几条沟渠，好让水流出去……”

我环顾四周，看到泥潭里有几十个脚印。

这里面肯定有鲁夫斯和他孩子们的脚印……但是我作为侦探兔的第六感告诉我，这里可能还有犯罪嫌疑人的脚印！

根据这个推断，我让凯文用数码相机拍下了一些脚印的照片。

只要有这些照片，我们就能够发现里面

是否有线索。说不定能找到某些马克·拉法努斯家庭成员以外的脚印呢……

拍完照片，我们来到一座小山丘的顶部。

从那里我们可以观察到整个马克·拉法努斯家族的地界。

不远处有一个小树林。鲁夫斯指着它说："那就是女巫的树林！格里法尼亚就住在那里……反正传说是这样的。"

凯文不耐烦地看着我："爸，你怎么说？要不我们去那边看看？"

"今天太晚了，凯文。太阳都快落山了！明天早上我们再去吧。"

这时一股浓浓的香气飘进我们的鼻子。

该回家吃晚饭啦！

马克·拉法努斯的菜地
那就是女巫的树林！

女巫的树林
马克·拉法努斯
的地界

露比娜，杰出的厨娘

露比娜真可谓是个优秀的厨娘！用满满一大桌子美味可口的饭菜招待了我们。

看到这些精美的食物，皮特看起来更加感激她了。

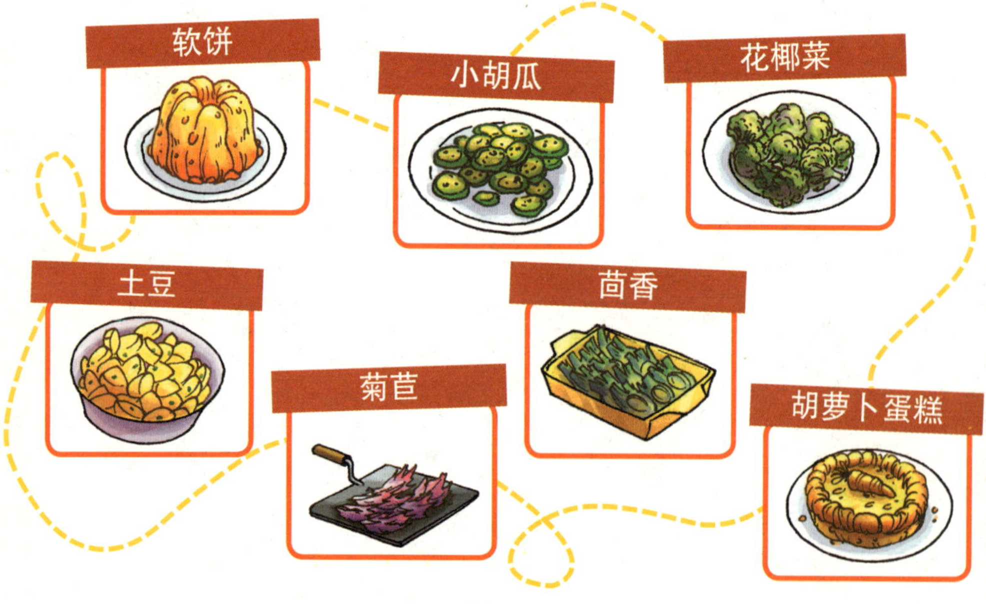

软饼

小胡瓜

花椰菜

土豆

茴香

菊苣

胡萝卜蛋糕

香料烤土豆

油炸小胡瓜裹面糊

胡萝卜洋蓟馅软饼

撒面包屑和干酪丝的烤茴香

清炒花椰菜

铁板菊苣

葡萄干胡萝卜蛋糕

皮特幸福得像只小兔子一样，他最喜欢吃东西了！

我举起盛有胡萝卜汁的杯子提议：“向我们杰出的厨娘，露比娜致敬！”

露比娜激动得哭了。

晚饭过后，我们在电脑前观察今天凯文拍摄的照片。

我立刻意识到有些不对劲，但是仍然没有找到有什么不对劲。

之后我最好再仔细检查一遍……

这时，苏珊和安向我们展示她们即兴创作的女巫格里法尼亚舞：

“讨厌的格里法尼亚在吃千层面！”

“讨厌的格里法尼亚在吃千层面！”

安也加入了一段她自己创作的歌：

“走吧，女巫，别再回来啦！”

“你要是回来我们就让你哭哭！”

所有人围成一个圈一起唱起歌来。

露比娜，不用说，又笑着哭起来了！

治愈心灵的话语

差不多到了苏珊和安睡觉的时候了。

我用手机给简打了电话，这样她就能跟孩子们道晚安了。

安想给妈妈唱女巫格里法尼亚之歌。

“这是我和凯文、苏珊一起创作的！”安说，“他们也挺棒的！”

苏珊讲述了旅行、吃午饭和晚饭的过程：“妈妈！我们吃了世界上最最好吃的食物！”

在电话里，他们还给了对方许多的吻。

凯文讲述了我们的调查和他拍照片的事。

最后轮到我说。

我只说了一句话，或者说，两句。

“亲爱的，我想你！”

她也回答了我相同的话。

那就是……

“亲爱的，我也想你！”

对于我和简来说，这句话重复多少遍也不会厌烦！因为如果爱一个人，就说给他听是一件很美好的事情，而听到别人说出来也是同样的美好！

动动脑筋

苏珊和安很快就在大床上睡熟了。于是我回到客厅的伙伴们那里。

马上就要开始一个漫长的夜晚了。神秘的格里法尼亚会不会再次造访农庄呢？

皮特已经很不耐烦了。

“什么女巫不女巫，反正我不想再等了！”

马克·拉法努斯夫妇看向他。

鲁夫斯有些惊讶。

“那照您说，我们应该怎么办？”

皮特用很肯定的语气说：“行动起来！

躲在洞里等待是兔子才做的事情！”

“可……我们就是兔子呀！”露比娜呜咽着小声说道。

皮特笑了：“是哦，兔子……但是不是胆小鬼！我们到农庄周围巡逻一圈，你们说怎么样？即使女巫就在这附近，她也不敢靠近我们！”

马克·拉法努斯夫妇和他们的大儿子芦笋同意了。

与此同时，凯文在电脑上检查脚印的照片，发现一些极其巨大的脚印痕迹！这应该是属于某只脚很大的兔子！

嗯……这让我回想起某个人……

这个人是谁呢？

凯文问我："爸，你在想什么呢？"

我把我的推理猜想告诉了他。

"第一步，我们去犯罪现场马克·拉法努斯的田地里仔细地检查了一遍。任何细节都很重要。然后我们得找到犯罪动机：为什么有人跟马克·拉法努斯夫妇过不去？他会得到什么好处？如果能解决这些问题，我们就能找到嫌疑犯了。"

凯文想进一步了解。

"那你觉得应该怎么操作呢？"

"动脑子。这是我们最有效的能力！经过认真地思考，我得出嫌疑犯应该符合这几条特征。"

我向他展示我的笔记。

"在这个小社区里大家都互相认识！如

果有外来人员，那么他不可能不被注意到。

当我们到这里的时候，所有人都在看我们！我还问了鲁夫斯最近有没有其他外来人员出现，但是他说没有。所以嫌疑犯……”

“就住在战栗河谷！”凯文总结道。

我的儿子可真棒啊！

让我们总结一下！

被淹没的农田

1 为了吓唬马克·拉法努斯一家，有人在晚上损害他们的农庄，给他们造成了巨大的损失。马克·拉法努斯一家认为是女巫格里法尼亚搞的鬼，然而这世界上根本不存在什么女巫！

引擎的噪声

2 这个神秘的入侵者应该使用了卡车:事实上，鲁夫斯和他的家人听到的噪声是发动引擎的声音。

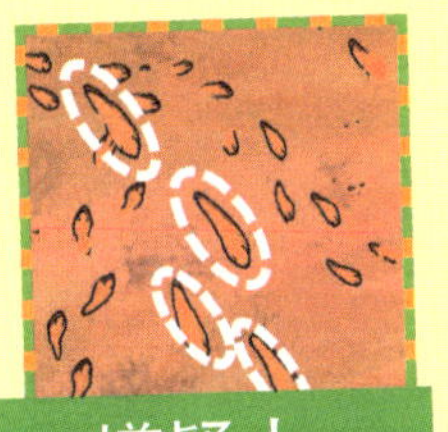

嫌疑人的脚印

3 将农田淹没之后，入侵者犯了一个致命的错误，即在地面留下了自己的脚印。

???

4 观察凯文发的照片，可以发现嫌疑人的脚印非常大！这是谁的脚印呢？或许我们早就遇到过拥有巨大双脚的人！

5 战栗河谷是个小社区，如果有外来人员会被马上发现！所以嫌疑人应该是居住在这里的人！

午夜的大火

我来到皮特、鲁夫斯、露比娜和他们的大儿子身边。皮特和夫妇俩已经沿着农场边界转了几圈。

很准时地，在午夜前的一分钟，我们看到空中一团耀眼的光。

仿佛远方的一道闪电。

皮特惊叹道："是不是要变天了？"

我心想，真奇怪啊！我还从来没见过不打雷只闪电的！

我还没来得及说话。

光团变成了2个、3个、6个、10个……

每个光团又变成一个个火团，极速地降落在地面上。

那些都是火球！

从女巫的树林里喷射出来，直冲着我们飞来。

露比娜绝望地大喊："可怜的我们啊！格里法尼亚想要烧死我们！"

鲁夫斯赶紧按下警报器。

他所有的孩子（除了几个特别小的）都站成一排，从水井边一直延伸到农田里，我的凯文也加入其中帮忙。

水井旁有许多水桶。

他们将水桶盛满水，一个接一个地传递，直到靠近田地的地方。

队伍的最后一个将水浇到火苗上，然后拿着空桶跑回来。

就像一根链条一样！

就像一根链条一样！

现场十分混乱。

苏珊和安从房间的窗户往外看。他们都很安全：所有的小家伙都待在远处，火势也在控制下，但大家都已经吓坏了。

我不知道该怎么办：现在正是追踪幽灵一般的格里法尼亚最好的时机，可是我不想单独留下自己的孩子们！

我的好兄弟皮特看了看我就立刻明白了我在想什么。

“去吧，乔伊！你的孩子们由我来照顾！”

皮特真是太有义气了！

正是在危难的时刻才能显现真正的友谊！

我抓起一支手电筒冲着黑暗的树林跑去！

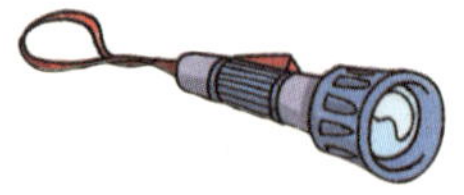

机械操纵的……女巫？

我告诉你们事实吧：知道皮特陪在我的孩子们身边，这让我非常放心。然而知道皮特不在我身边，这让我一点都不安心！

我只能试着不再去想。

我穿过胡萝卜地，跳过花椰菜，跨过标志着马克·拉法努斯农场边界线的栅栏……

真倒霉！

我掉进一个满是泥巴的坑。

哎哟！

溅得我浑身都是泥巴，连耳朵里都是！

就在这个时候，我看到了她！

真的是她！

女巫格里法尼亚！

她有着黄色的眼睛，在空中飞着。

有这么一瞬间，我脖子上的毛都竖起来了。

但是当我借着手电筒的光束仔细看过去时……

我的天哪！

那居然只是个木偶！

一个眼睛闪烁着黄光的木偶！

就跟我和安在纪念品商店橱窗里见过的格里法尼亚玩偶几乎一样！

不同的是，这个木偶要大许多，它的飞行完全是靠着由无线电操控的小螺旋桨。

看来操控格里法尼亚的人应该距离不远，就藏身在黑暗的某处！

这正是我要寻找的证据。

根本不是女巫！

这世界上根本不存在什么女巫！

我应该逮住这个木偶让大家都看看，尤其是我的安！

就在这时，我听见卡车的发动机声音。

我竖起耳朵，这个声音正和鲁夫斯之前听到的噪声一样！

那个操纵格里法尼亚的

人，每次到女巫现身结束的时候，都会用卡车将木偶运走，这样就不会留下一丝痕迹了！

这时那木偶移动得更迅速了。

螺旋桨发动机转得更快了，格里法尼亚开始上升，它快速地腾跃，越飞越高了。

到达某个高度后，它停下来待了一会儿，然后突然急速地下降。

直冲着我的方向！

我赶紧匍匐在地面上，藏在湿漉漉的草下面。

扫把上的飞行螺旋桨掠过我的耳朵，不一会儿，木偶就消失在一片漆黑中。

我赶紧站起来想追过去，但已经太迟了：藏在树林某处的卡车已经开动了。

没有人相信我

我只好空着手回到农庄。

幸运的是那些小火团都已经被浇灭了。

当我把我的经历讲述给鲁夫斯时，他根本不相信我！

“我很信任您，胡萝卜仔先生……但是，一个‘机械操作的女巫’……我觉得有点太过了！”

然后他看到我身上沾满泥水，疑惑地问道：“该不会是摔到脑袋了吧？”

我的大兔仔啊！

鲁夫斯以为我是产生幻觉了！然而皮特和我的孩子们却毫不怀疑地看着我。

凯文鼓励我说："爸，以后你肯定能让他们信服！"

苏珊抱了抱我："爸比，我相信你！"

安也给了我一个大大的拥抱！

"我也相信你！格里法尼亚有一个又臭又吵的扫把，因为她又丑又坏。对吧，爸比？"

我的孩子们和我的好朋友都信任我，这才是最重要的东西！

可疑的脚印

第二天早上，我精力充沛地起床了。

我们一起吃了早饭，然后就开始组织一天的行程。

我请皮特到卖格里法尼亚雕像的商店里调查。

“你去查查是否有人买了一个非常大的木偶。”

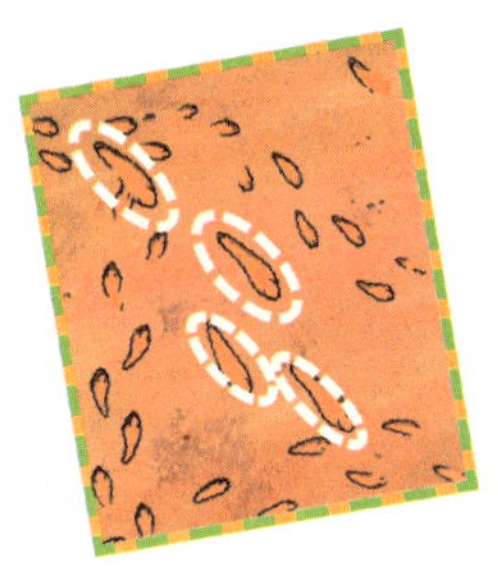

皮特提议要带着苏珊和安一起，这样我就能安心地工作了。

我和凯文还待在电脑前，想要检查可疑脚印的照片。

也不知为什么这些巨大的脚印总能让我回忆起某个人的大脚……但究竟是谁的呢？

可以肯定的是，这绝对不属于马克·拉法努斯家庭里的一员！

我作为兔侦探的第六感让我竖起耳朵。

这些脚印真的让我回忆起某个人……

某个人……

某个人……

某个人……

某个人……

某个人！

对了！海科特·奥黑尔！

鲁夫斯·马克·拉法努斯家的邻居！

战栗河谷最富有的兔子！

但是脚印并不能成为足够的证据！

我决定去女巫树林探查一番。

凯文想跟我一起前往，但是我不同意："不行，你今天还得学习。你还没完成学校的研究课题'块茎&根'呢！"

凯文哼了一句："啊呀！爸爸！"

女巫的树林

女巫的树林并不远，我独自走向那边。

并不是我感觉害怕……

我只是有些许……恐惧！

在过去的路上，我看到凯文正在马克·拉法努斯的田地里给土豆拍照片。

土豆就是一种块茎，所以他正在做学校的调查。

真棒，凯文！

他又给了我一些勇气，让我更加坚定地走向树林。

在泥泞的小路上有些许痕迹，我看到一些奇怪的轮胎印。我知道啦！卡车就是从这里经过的！

看吧，看吧！每次女巫格里法尼亚（或者说是木偶）现身的时候，总会有人听见卡车的噪声！

我肯定我已经在破解案件的正确道路上了。

这时我来到一片空地。

在树林间出现一座老旧的茅草屋。

门都已经坏了。

我轻手轻脚地靠近，正在这时……

丁零！丁零！丁零！

是我手机的铃声！

吓死我了！我的心脏都快跳出耳朵了！

我接通了电话，是皮特！

“喂，乔伊？我知道是谁买了那个格里法尼亚的木偶了！你要不要猜猜？”

我回答道：“海科特·奥黑尔！”

皮特很吃惊。

“你怎么猜到的？”

说着说着，我走到门口，里面没有人！于是我走了进去。

里面到处是奥黑尔的脚印！

毫无疑问，他就是嫌疑犯！就是他想要把鲁夫斯和他的家人赶走！

我把这个情况讲述给皮特。

“我留在这儿逮住他……”

神秘小屋……

1）海科特·奥黑尔的大脚脚印

2）录音机和扬声器（我敢肯定这里面录的就是假格里法尼亚的笑声）

3）淹没农田使用的水管

4）火球弹射器

5）汽油

6）巨大的女巫木偶

7）带螺旋桨的扫把

8）遥控器

9）一个网罩（谁知道他还想干什么呢）

10）一箱箱的花椰菜、茴香和花菜

10
7
8
5
6
3
4

皮特提议过来接应我。

“不用，我的朋友，”我说，“如果你真的想帮我，就留在我孩子们的身边。只要他们跟你待在一起，我就什么都不担心啦！”

“这你可以相信我！”皮特回答，“但是如果到了晚上我还没看到你，我保证我会把整个战栗河谷掀翻！”

我们挂了电话。

我关了手机，藏在阴暗处……

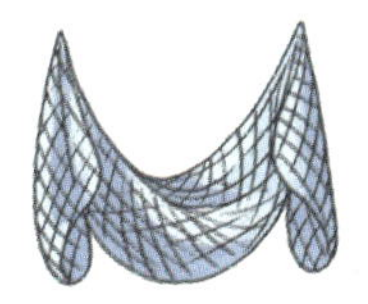

这样不行

同时我开始整理线索。

奥黑尔无疑就是罪犯，但是……

他为什么这么做呢？

他已经是这里最富有的兔子了，他将河谷里出产的蔬菜卖到外面。他这样破坏鲁夫斯的庄稼对他有什么好处呢？

他到底是出于什么目的呢？

突然，平静被一个恐怖的噪声打破了。

有人正在靠近房子！

我看到一个身影。

就站在外面……

“啊啊啊啊啊！”那个身影大叫道。

“啊啊啊啊啊！”我也大叫道。

“啊啊啊啊啊！”我们又同时大叫起来。

我的天哪！原来是凯文！

“你怎么跑到这儿来了？”我问。

凯文被吓得不轻：“我，我要告诉你一件很重要的事！我很担心你，这个地方可能很危险！”

“凯文！你不应该自己一个人进到树林里来！”

“可是，爸爸，我想帮你啊！”

“那你也可以在家里等我啊！”

我们正说着，我作为兔侦探的第六感告诉我，有人正在偷窥我们！

“小心！”我对着凯文大喊。

但是已经太迟了！

有人用网罩把我们给罩起来了。

我和凯文落入圈套，跌落在地。

这样不行！

不应该这样啊！

应该是我出其不意地把他抓住！

结果恰恰相反！

我和凯文真的陷入了糟糕的境地了！

从阴暗处走出一个人影，停在了门口。

他站在背光处，我根本没办法看清他的模样。

但是他戴的牛仔帽使得他的身份再无任何疑问……

真是只坏蛋兔子

就是海科特·奥黑尔给我们设下的陷阱！

我喊道："奥黑尔先生，请放了我儿子！"

他嗤笑了一声。

"我会放了你们两个人……但不是现在！我现在就要去马克·拉法努斯的农庄，那个笨蛋鲁夫斯已经决定要把他的田产都卖给我了！所以首先我要掩盖所有的证据，然后再放你们走。"

他可真是只坏蛋兔子！

"为什么您这么想要马克·拉法努斯家的田地呢？您又不是农民！"我问。

海科特·奥黑尔笑着没有说话……

这时凯文插话道："爸爸，我知道为什么！我就是因为这个才来找你的！在马克·拉法努斯家的田地里有金子！所有的土地里都填满了，一块一块的金子！今天下午我在做学校的研究时发现的。"

土地里的金子？这可真是个大新闻！但这也绝对算得上是个犯罪动机了！

奥黑尔笑不出来了："没有人能知道这个！"

他狰狞着脸靠近我们。我还在搜索口袋里是否有能解开绳子的东西，但是只摸到了安的玻璃球。

对啦！安的玻璃球！

我抓起玻璃球，趁奥黑尔走向我们的时候，把它们扔到他的脚下……

这一跤摔的！

奥黑尔滑倒在玻璃球上，最后撞到了一排盛放蔬菜的筐子。

一大堆花椰菜掉落到他的身上！

凯文像一只敏捷的小野兔一样溜出网罩，并把我也解救出来。

我们齐心协力，将奥黑尔绑进了他自己设下的陷阱里！

我扔出玻璃球……

奥黑尔摔倒……

一大堆花椰菜！

案件解决了

我打电话给皮特让他叫上马克·拉法努斯家的所有人和警察一起到木屋来。

当他们到这儿以后，这才发现海科特·奥黑尔就是罪犯，格里法尼亚根本不存在，至于金子……他们看起来不太相信，但是鲁夫斯根本一点都不感兴趣！

“我更喜欢土豆！”他说。

随后，警察把奥黑尔带走了……

那之后我的小宝

贝安将这个故事讲了12遍。

她不断地问我："爸比，你真的是用我的玻璃球抓住他的吗？"

她是真的很满意。

简打来电话。

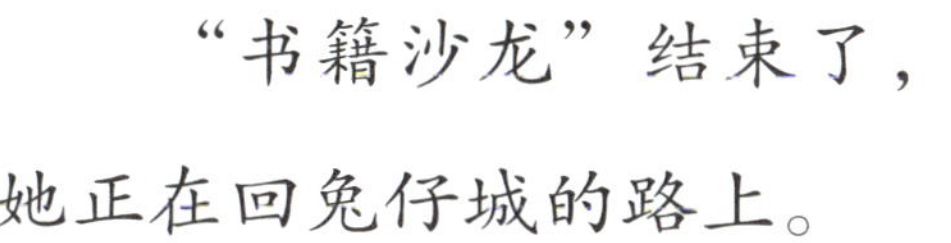

"书籍沙龙"结束了，她正在回兔仔城的路上。

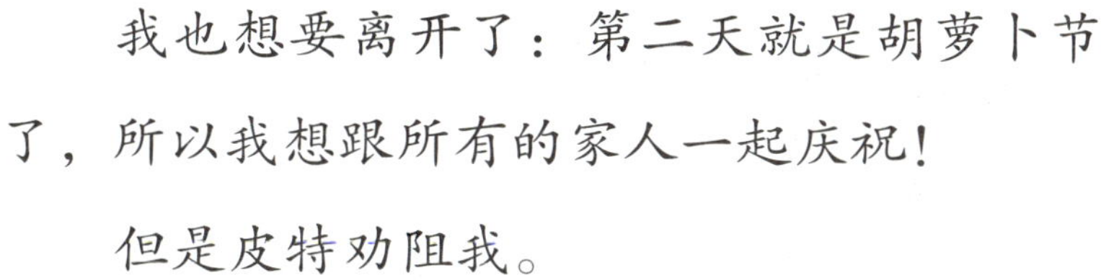

我也想要离开了：第二天就是胡萝卜节了，所以我想跟所有的家人一起庆祝！

但是皮特劝阻我。

"不要！明天再走吧！现在太晚了……"

就这样，在午夜前的一分钟……

我们所有人去睡觉了！

好消息

第二天早上，我被某个机器的噪声吵醒——是皮特的妻子哈尼，带着他们的12个孩子和我们的双胞胎，同他们一起来的还有……简！

我的简！

皮特和哈尼偷偷组织了一切。

多么振奋人心的惊喜啊！

今天是胡萝卜节，而我们全家人都在一起！这才是生命中最重要的！

因为解决案件并不困难。

调查线索也不困难。

团结一家人，这才称得上是艰巨的任务！

但这也是我们愿意为之奋斗的唯一理由。

我们紧紧地，紧紧地相互拥抱着……

露比娜准备了一顿非常夸张的午饭！

在上一道道菜的间歇，芦笋·马克·拉法努斯向我们讲述了海科特·奥黑尔的结局。

他刚刚得知根据兔邦群岛的法律，战栗河谷的郡长决定用一种惩戒性的方式处罚奥黑尔：他必须在鲁夫斯的田地里劳动，弥补他之前造成的损失。

这只最富有的兔子应该得到教训了。在田地里做一些有益健康的劳作应该能帮助他反省，也肯定会帮助他成为一只好兔子。

吃甜点之前，鲁夫斯请大家保持安静。

他要宣布一条重要的消息。

他把露比娜叫到身边，轻轻拥着她说：“我们家不久又要有一只小兔子了！”

话音刚落立刻响起一阵热烈的掌声。

但是鲁夫斯还没说完。

“我们决定给他起名乔伊，来纪念我们的新朋友！”

露比娜拥抱着我，激动地哭了……

我应该说些什么？

我也好感动啊！

女巫和幽灵根本不存在

就这样结束了我们在战栗河谷的冒险。当我们回到兔仔城的家，安已经不害怕了。

现在她知道了：这世界上根本不存在女巫！

苏珊向所有人讲述我们的经历，而凯文也在他的“块茎&根”研究中取得了好成绩。

作为解决案件的报酬，马克·拉法努斯一家用蔬菜和水果回报我们……这绝对是我做过的最好的工作，从那以后，每隔半个月就会有一辆从战栗河谷开来的小卡车，给我们送来各种美味！

每次都能送来一吨的美味。什么一吨啊……应该是更多！

所以每次我都会邀请皮特、哈尼和他们的孩子们来吃晚餐。

因为，相信我……真正的快乐是跟你爱的和爱你的人们在一起！

乔伊·胡萝卜仔名言！

兔子菜谱

烹饪之前一定要请一位成年人帮助！

跳跃的迷迭香土豆

4人份配料：

750克新小土豆；3勺油；2头蒜；

一勺迷迭香粉；适量盐。

1. 洗净并弄干土豆，切成两半，放入开水锅中煮熟，取出后放凉。
2. 平底锅里热油，放入小土豆翻炒5~10分钟，需要时不时搅拌。
3. 加入蒜、迷迭香和盐后再烹饪一分钟。

牛奶胡萝卜

4人份配料：

6根新鲜胡萝卜；一杯牛奶；

一勺香醋；一小把西芹。

1. 胡萝卜去皮切块。
2. 在平底小锅里用少量水煮胡萝卜，加入香醋。
3. 当胡萝卜快煮熟时倒入牛奶，一直煮到胡萝卜变软。
4. 将牛奶胡萝卜盛入深底盘子，用西芹点缀。

祝你好胃口！

兔邦群岛
A
B
C
D
E
F
1
2
3
4
5
6
7
8
9
10
11
12
13
14
15

兔邦群岛

A. 大胡萝卜国

1. 块菌
2. 莴笋海岬
3. 兔仔城
4. 蓝珊瑚海湾
5. 兔镇
6. 大麦城

B. 小胡萝卜市

7. 松子市
8. 迷迭香市
9. 黑珊瑚海湾

C. 山峰

D. 大板牙市

10. 美景市

E. 拉斯胡萝卜斯市

11. 橙子岛
12. 珊瑚礁
13. 佛罗里达

F. 淡菜礁

14. 生物实验区
15. 天然公园

N
E
S
1
2
3
4
5
6
7
8
9
10
11
12
13
14
15
16
17
18
19
20
21
22
23
24
25
26
27
28
29
30
31
32
33
34
35
36
37
38
39
40
41
42
43
44
45
46
47
48

兔仔城

1. 胡萝卜仔家
2. 松鼠家
3. 野兔仔家
4. 胡萝卜仔爷爷奶奶家
5. 古藤博报刊亭
6. 伊莎女士的商店
7. 中、小学
8. 派德洛·卡尔布罗德的办公室
9. 圣天使书店
10. 伊莎贝拉大街
11. 胡萝卜&胡萝卜侦探社
12. 五季比萨店
13. 大兔子市公园
14. 市政府
15. 胡萝卜纪念碑
16. 一先生的大楼
17. 公共图书馆
18. 罗丹特斯剧院
19. 穆尔蒂厅
20. 警局
21. 法院
22. 蔬菜广场
23. 兔仔城博物馆
24. 中央车站
25. 兔仔城邮报
26. 植物园
27. 野兔仔牙医诊所
28. 贸易中心
29. 红丘
30. 芭菲恩别墅
31. 大学
32. 舞蹈学校
33. 大胡萝卜国日报
34. 标枪运动俱乐部
35. 块茎竞技场
36. 弗兰克·福斯特家
37. 医院
38. 港口
39. 飞机场
40. 运动馆
41. 集市
42. 电车车库
43. K 频道电视中心
44. 兔仔城广播电台
45. 环路
46. 温室
47. 美岸河
48. 开启桥

胡萝卜仔乔伊